Huck Scarry

FREIHEIT FÜR EGON

TOSA VERLAG

Egon ist ein Wildschwein.

Er lebt mit seinem Rudel in einem tiefen, finsteren Wald. Am liebsten schnüffelt er im Laub nach leckeren Eicheln.

Plötzlich fällt ein Schuß.

Die Wildschweine flüchten ins Dickicht. Auch Egon möchte sich verstecken, doch plötzlich stolpert er, plumpst ins weiche Laub und schließt die Augen. Er ist getroffen!

Doch keine Angst, Egon ist am Leben. Der Schuß hat ihn nur betäubt.

Die Jäger heben den schlafenden Egon in einen Lastwagen.

Aus ihrem Versteck im Wald beobachten Egons Freunde, wie er weggebracht wird. Was wird wohl aus Egon werden?

Am nächsten Tag wird Egon in einen Käfig im Stadtpark gebracht. Stolz hören die Jäger der Rede des Herrn Bürgermeister zu.

»Liebe Bürger, wir möchten unseren tapferen Jägern dafür danken, daß sie dieses prächtige Wildschwein für unseren Park gefangen haben.«

Plötzlich erwacht Egon. Verblüfft reibt er sich die Augen.

Was ist denn das für ein Käfig?

Und was sind das für seltsame Tiere, die ihn da anstarren?

Verstört springt Egon auf und rennt gegen den Zaun.

Bum!

»Armes Tier«, murmelt die Lehrerin Anna. Egon tut ihr schrecklich leid.

Egon sucht verzweifelt einen Fluchtweg.

Immer läuft er den Zaun entlang.

Tag für Tag.

Der Polizist heißt Peter. Jeden Tag bringt er einen Korb voll Gemüse für Egon.

Aber Egon hat keinen Hunger. Er ist sehr traurig. »Warum kann ich nicht bei meinen Freunden im Wald sein.«

Anna, die Lehrerin, bringt Egon einen roten Apfel. Aber Egon will nichts essen.

»Lieber Peter«, fragt Anna, »wie können wir diesem armen Wildschwein helfen?«

Der Polizist zuckt traurig mit den Schultern.

Eines Tages, als Anna in den Park kommt, ruft ihr Peter lachend zu:

»Sehen Sie nur!«

In Egons Käfig sitzt ein zweites Wildschwein.

»Eine Idee des Bürgermeisters«, erklärt Peter. »Damit Egon nicht so allein ist, hat er Damengesellschaft bekommen.« Anna freut sich gar nicht. »Die gehören beide in den Wald.«

Sie will gleich mit dem Bürgermeister sprechen.

Doch der hat keine Zeit.

Die Zeit vergeht. Egon hat sich an den Käfig gewöhnt. Die beiden Wildschweine essen am liebsten Äpfel.

Eines Tages ruft Peter der Lehrerin zu: »Schnell! Sehen Sie doch!« Er läuft ganz aufgeregt vor dem Zaun hin und her.

Fünf kleine gestreifte Wildschweinchen laufen fröhlich quiekend im Käfig umher.

»Da wird sich der Bürgermeister aber freuen«, sagt Peter. Anna schüttelt traurig den Kopf.

Wieder versucht sie, mit dem Bürgermeister zu reden.

Doch wieder hat er keine Zeit.

Als Anna wieder einmal zum Käfig kommt, läßt Peter die Schultern hängen.

Er ist sehr traurig.

»Was ist los?« fragt Anna.

»Der Bürgermeister gibt ein Festessen. Morgen werden die Kleinen aus dem Käfig geholt.«

»So eine Gemeinheit!

Das hat er also vorgehabt!« ruft Anna empört aus.
»Was können wir nur unternehmen?« Peter ist ratlos.

In der Nacht wird Egon durch ein seltsames Geräusch geweckt. Vor dem Zaun steht Anna.

»Pst«, flüstert sie und gibt Egon einen Apfel. »Sei leise! Gleich seid ihr frei. Aber Peter darf mich nicht erwischen.«

Mit einer Säge will sie das Schloß öffnen.

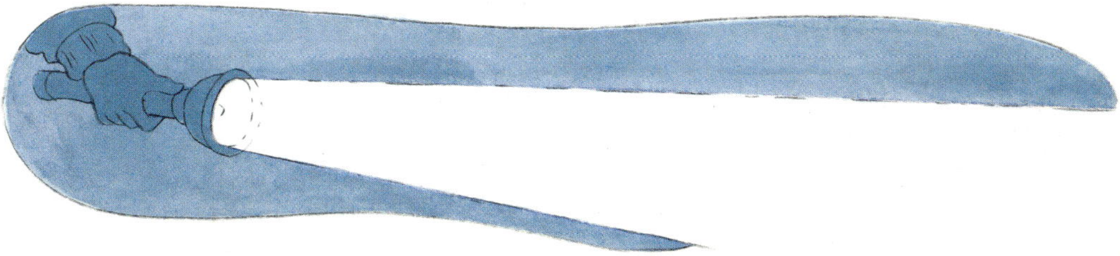

Plötzlich erhellt der Schein einer Taschenlampe die Nacht. »Oje«, ruft Anna und versteckt sich im Gebüsch.

Das Licht nähert sich.
»Guten Abend, Egon«, flüstert eine bekannte Stimme.
Das ist doch Peter!

Er betrachtet das angesägte Türschloß. Anna hält die Luft an. Wird er sie entdecken?

Doch was ist das? Mit einem leisen »Klick« wird das Schloß aufgesperrt.

Die Tür geht auf.

»Schnell! Kommt alle raus!«

Peter holt Äpfel aus seiner Tasche und wirft sie auf den Boden. Die Wildschweine fliehen in der Dunkelheit.

Am nächsten Tag erfährt der Bürgermeister, daß die Tiere nicht mehr da sind.

Er ist sehr wütend.
»Wer hat die Wildschweine gestohlen?« brüllt er.
»Peter! Du mußt die Diebe fangen! Morgen ist mein Festessen!«

Doch Peter kann keine Spuren entdekken. Die Diebe werden nicht gefunden.

Zum Festessen gibt es keinen Braten.

Egon bringt seine Familie im Wald in Sicherheit.

Und die Lehrerin macht aus den Äpfeln einen duftenden Kuchen.